廃屋の月

野木京子

書肆 子午線

目次

造本・装幀＝稲川方人

廃屋の月

一緒にいてね
隣にいる幻獣の手を握ろうとする
でもその獣には手がないので
手を探す旅に出ましょうね

汽水域

母の舟が時間の川霧を押し分けて現れた
空ろな刳舟《くりぶね》のようだったが　まっすぐ流れてきたので
その日から　わたしは死んだ母の舟に乗って生きている

無理に生きようとしなくても
舟に乗って進むだけの日を過ごしてもかまわない

泳ぎの得意なひとだったので　物語の海も達者に泳いでいた

汽水域から遠く見える　おそろしい地点であるはずの
果てが崖となって激しく落下する海域を
いまは解き放たれたのか
自在に泳いでいる小さな姿も見えた

西日の神様

西日が輝いているね
そのなかに入ってしまえばよいよ
公園の砂粒たちがそんなことを言い合っていた
そうしたらそこから
祈りという名の願いごとを
不安定な椅子と一緒に暮らしているひとたちにも
送ることができるはず

先週　音楽堂の脇道で会ったひとは
いろいろなことがうまくいかなくて

心が紐みたいに細くなってしまった
と　わたしに言った
だけど紐はいつだったか
こんがらがって不出来な知恵の輪のように絡み合ったとき
光が息を吐いたとたん
すとんとほどけてきれいに垂れ下がったことがあった
そんなふうに
光が息を吐いている

わたしみたいなものでも
追い詰められたとき
なにかわからないものが
ふいに来てくれたことがあった
そんなことが二回もあった
やわらかで
女のひとのようなかたちをしていた

西日の神様　とためしに名付けてみた
ひとは西日の神様の
息を受け
息を吐く

秋の庭

ひとが誕生するたびにいちいち星が揺れていたら
大変でしょう
そんなことがあったら
あちこちで星がじぐざぐに揺れ続いて
夜空を見あげるたびに
ますます眩暈がしてしまうよ

底冷えの夕暮の庭
どこからか落ちてくる声を聴いて
立ち尽くしていた子どものころ

庭に　煉瓦色をした菊の花がわずかに咲いていた
さざなみのような声がわたしを取り囲んでいた
空気がときどき羊水のように重くなった
たくさんの声のなかには
知っているような知っていないような声も混じっていた
わたしをとりあげた助産師さんの
記憶にない声も耳の奥に棲んでいた

あの日晩秋の庭に佇んでいた子どもに呼び掛けてみる

…………………

そのわたしの声も
子どもだったわたしは聴いていた気がする
生きているとは
妙な入れ子構造のなかを
移動していることのような気もする

空の河原

空の河原かどこかで逢ったことのある
小さな子が部屋の隅から出てきて言った

ゆっくりと回転しながら
この世に現れ出たのだから
立ち去るときもきっと
見えない姿のまま

ゆるやかに回転して
戻っていくはず
そのとき真新しい風を頬に浴び
初めての色彩の景色を見るから
楽しみにしているとよいよ
と

棄てられた声　裏山を越えたところ

階段下の古い納戸に
くすんだ顔をした小さな男が立っている夢を見た子どもは
息を殺して走って逃げて
別の扉を開いて駆け込んだまま戻ってこなかった

わたしの胸にはそのときの錆びた扉の
鍵の形をした歪んだ穴が残されている
穴の奥からときおり
風のうなりに混じって
男の低い呼び声が聞こえる

たいていは青白い朝方で
からからあざ笑う声が
混じることも多かった

棄てられた声は沼に隠れている
開いた本にそう書かれた昏い文字を見つけた
それなら声を棄てるためにどこかの沼へ行けばよい
外へ出ると
沼なら小さいのが裏山を越えたところにあるよ
影踏みをして走る子どもが教えるから
斜面をがりがり登った
遠くから近くから男の声が聞こえ耳朶《じだ》に絡みつく
わたしは沼に辿り着くことができるだろうか
たとえ辿り着いても
声を手離すために耳ごと棄てねばならないのに
あるいは　わたし自身が棄てられた声として
沼に落ちねばならない

心の奥であるような気もする

小さな男の子が茅色の着物で
路地の奥へ走っていく
こちらの戸口からあちらの戸口へ鳶の真似などして
ジグザグに翔ぶように走る
あとを追っていくと
ぽっかり視界が開け　貨物船埠頭に出た
一艘が岸壁から離れた
男の子が離れていく船をいつまでも見つめるので
その子の背中越しにわたしも見つめた

大きな船が潮の匂いの変わるところへと　ゆっくり小さくなる
離れていくものを見つめることで支えられる心というものもある
船はやがて向きを変え
長い時間をかけて湾から出て
岸にいるひとの目に見えなくなった
家に帰らないといけないよ
男の子の背中にだれかが呼びかけている
その子はいつまでも船が消えていくのを見続けて
そのまま百年近く経った
離れていく船の行き先は
心の奥であるような気もする

声が聞こえるほうへ

小さな透き通った箱のなかで
顔だけになった母が涙をこぼし続けていた
すでに結界を越えているはずなのに
どうして泣いているのだろう

透明の膜の向こうがぼんやり見えているのに
決して触れることができないから？
最後に膜の向こうに子どもたちの顔を見ることができたから？
もうすぐ何も見えなくなることを知っていてそのことが惜しいから？

自分が死んだことがあまりにも悲しかったから？

小さな箱と死んだ母を夢に見た日
わたしは公園へ
秋のブランコを漕ぎにいった
ベンチに　毛糸玉のようにくしゃくしゃした
小型の犬を連れた男が座っていた
この子は目が見えないんですよ
わたしに言う
老犬なので　もうあと一年　一緒に
いられるかどうかもわからないんです
その犬は男の声がするほうを
白く濁った眼で　見あげる
わたしの頭上で
あなたもあと一年かどうかはわからない
もっと長いかもしれないのよ
と　母の声が聞こえたので

わたしは空を見あげた
犬もわたしも
声が聞こえるほうへ顔を向けて生きている

公園は高台にあり
柵の向こうは崖で
崖をおりていったら　貝の化石を拾うことができる
骨の化石も
いつかは探すことができるだろう

球根

汚泥のなかにいることがやすらぎだと
どうしていままで知らなかったの？

ベランダの植木鉢に埋めた球根の声
アネモネの　種のように小さな球根
オスマン帝国からオランダに伝わった
子どもたちが大好きな花の球根
死んだ父が好きだった　純白の花の大きな球根

彼らが土のなかで
うれしそうにゆっくり体を揺すっている
体を揺すりながら
芽という名前の未来の時間を育てている

だから　汚泥のなかに落ちたときには
よろこびなさい

庭の片隅で

庭の片隅で
秋明菊の群れが揺れた
アネモネの姉妹　風
花びらがないまま　花をこぼしていた
楓の若木は異界の夕陽に輝き
遠くの橋の上を歩いているひとの姿が見えた
砂混じりの風が吹き当たっている

家のなかに入ると

北側の窓から四角い大きな門が見えた
南側の窓へ行くと
海辺の発着所に乗物が停まっていた
西側の窓の外は薄い紫色の風景が続いた
東側の窓へ着いたとき　夜になった

夜になると
楓の枝も花びらのない花も闇に溶け込んだ
橋の上のひとも闇の色に染まりながら
穏やかに眠れるようにと
波の声をわたしに送ってくれている

常世の実

鎧戸の小さな窓に指をかけ
折れそうなほど力をこめて押し開けると
外は黒い風が吹き渡っていた
それは母を生き返らせる夢を見た夜のことで
わたしは妙な機械に遺骸を乗せ
空ろの夢の医師が耳元で叫んでいた
常世から引きずりおろされた母がわたしを見たときの
ひび割れた苦痛の表情を
目覚めたあとも長く忘れることができなかった

何の用があるというのか
逝ってしまうのはしかたがないとしても
結界をふたたび越えることがどれほどおそろしいか知らないというのか
（常世の実を喰ったなら
　そちらの世に馴染んでしまうのだから）
そのときの砂の声も
黒い風が吹き渡る空の隙間から
聞こえていたので
断念という獣がわたしのなかで
首をあげはじめている

いなくなったひとについて考える
それらのひとをいつまでもいとおしく思うのは
二度目に失うことがもうないから
生きているひとのことはいつも見失い続けているのに

十四日月と海

ねずみにも小さな心がある
コンクリートの罅の狭間で　細い体を震わせている

朝が遠い時間に
光に呼ばれ
目を覚まし　濡れた廊下を歩いた
光が呼び続ける
カーテンを開けると　ベランダの向こうに海水面が見えた
夜空の低いところに　月が浮かんでいた

十四日月に呼ばれて生を享けたひとは
最後に再びその月に呼ばれると
そう記された文献などは見たことがないのに
生きものの命を吸うように輝き　呼び続けていた
光のなかに　待つひとたちの姿も見えた

水面から　ぴしゃりと短音が響き
視線を落とすと
さかなが　闇の海から跳びあがり
やはり光に呼ばれていた
上方を見ると
棍棒を掲げた勇者と天狼星の強い光が
白く燃えていた
地上でひとは王者ではない
この世を支配しているのはわたしたちだと知らなかったのか
満ちようとする月と　狩人の星と天狼星が
突き刺すように声を投げた

ねずみたちも光に呼ばれ
怖気づいた小さな顔で
コンクリートの外へ出て　さまよいはじめた

犬も鳥も

乾いた広い土地に
道がまっすぐに続いている夢を
浜辺で暮らす灰色の犬が見ていた
その夢のなかに一羽の大きな鳥が入り込み
鳥の揺れる目で道を見ていた
道がどこまでも果てなく続くと
犬も鳥も勝手にそう思い込んでいた
それとも禽獣はひとよりも賢いから
道の突然の断絶のことなど
とうの昔から気付いていたのだろうか

剣の星雲が揺れている
今夜も明夜も
光が翼を広げる形で
星雲が散乱する時間を揺らしている

ひとの秘密は
空洞があって
空洞を取り囲んでいるものがあって
ときどき内側から崩れてしまう

翳りの息

渡っていくものから
翳りの破片が流れ出た
それは遠いもので
そのものの繊維の狭間を
さまよって
その往還の繰り返しが
渡っていくものを支えている
繰り返すうちに少しずつ変容し
ときどき驚きの声になる

ねえ　おかあさんとおはなししたいねえ
昔の世の　親を亡くした小さな子どもの声が
深緑の蒸気を超えて
わたしの脳髄に聞こえ
亡くなったそのひとの姿かたちは
わからないまま後の世へ流れ
遺された子のなかで
見えていたもの聞こえていたものも
やがては消えてしまう

花崗岩ステーション

蓋をしたその下は
見えない砂が流れているだけ　と思ったが
蓋はまたたく間に焼け落ち
真っ白な石と砂が剥き出しになって並んでいた

旅の果てにある駅には
真砂が敷き詰められている
あるいはぶざまにばらまかれている
善いひとにもそうでないひとにも
駅はさまざまな心が行き交うところだから

花崗岩のかけらが　かちかち音を立てる
思い出してはいけない
憎んでもいけない
たとえ燃え落ちるものであっても
蓋はきちんと閉めたのだから

かちかち
少しだけ
音の響きを聞いている
かちかち
そのあとは
鮮やかな色彩の
――たとえばアンデシュ・ダールの花が
揺れていたことだけを
記憶しておく

空中映画館

映画館のなかを
猫が走り去った
別れたのは金曜日だったけれど
クリニックはいつも
追い出されたひとたちでいっぱい
そこからもまたいつか追い出される

内気な子が
前の晩に

窓を突き破って落下した

破れたガラス窓の向こうは
街路樹や絹雲や西風や古い建物が
剝き出しのまま揺れていた
パラレルな領土へ渡る乗り物を
ここではないどこかへ移動する飛行機を
見つけただろうか
猫が駆け寄って
その子のそばで鳴いた
なにもかも失っても構わないと
猫は
そのまま走り去った

建物の隙間に遠くの連峰が見えた
夕焼けの空と濃紺の山脈
手の届かないものが見えていることは悲しい

濃い色のままいつまでも呼んでいる

生きているわたしが光だと思っていた？
そうではなく生きているわたしが翳で
いなくなるときに光が満ちる
そして空中映画館に
真っ白な光が遍在しはじめる

ときには透明のようにも見え　ひとの面影がうごめいている

次の駅までのまっすぐな道を歩いているはずが
かすかに弓なりに曲がりはじめ
左側は土気色をした塀が続いた
向こう側はなにかの工場だ
叫んでいる声が聞こえた

途中に小さな扉があった
身をかがめなければ抜けられないほど小さいが
どの扉にも表と裏があり

裏の気配はどのような色だろう
そちらから見たら表が裏だから
表はすべり落ちて
どこにもなくなってしまう

扉が薄く開いた
表裏の逆転が容易なのは
そこに入るものを粉々にしようと誘い込んでいるから
扉を押してはいけないのに
手のひらを当てて力を入れてしまうのは
粉々になることを心の隅で望んでいるから

入ると
工場へ続く通路が見えたが
その手前でひとの面影が揺れていた
さらに向こうには黒く続く森があり
樹木の葉が揺れ　隙間から光がきらめいていた

八年前のシリウスの　四年前のケンタウルス座アルファの火が
天空の女神ヌトの指に弾かれていた

雲母の一片ですらない粒と
滲んで溶けようとする消えかけの文字も
指先に弾かれていた
片隅では小さな生きものがいて
隠し通そうとしていることをなんでも知っていると告げるから
今夜は生と死の工場らしき場所で
わたしは安堵して眠りにつくことができる

郵 便 は が き

恐れ入りますが
所定の切手を
お貼りください

1 6 9 - 0 0 5 1

東京都新宿区西早稲田 1-6-3 筑波ビル 4E

書肆 子午線 行

○本書をご購入いただき誠にありがとうございました。今後の出版活動の参考にさせていただきますので、裏面のアンケートとあわせてご記入の上、ご投函くださいますと幸いに存じます。なおご記入いただきました個人情報は、出版案内の送付以外にご本人の許可なく使用することはいたしません。

○お名前《フリガナ》

○ご年齢

歳

○ご住所

○電話／FAX

／

○E-mail

読者カード

○書籍タイトル

○この書籍をどこでお知りになりましたか

1. 新聞・雑誌広告（新聞・雑誌名　　　　　　　　　　　）
2. 新聞・雑誌等の書評・紹介記事
（掲載媒体名　　　　　　　　　　　）
3. ホームページ・SNS などインターネット上の情報を見て
（サイト・SNS 名　　　　　　　　　　　）
4. 書店で見て　5. 人にすすめられて
6. その他（　　　　　　　　　　　）

○本書をどこでお求めになりましたか

1. 小売書店（書店名　　　　　　　　　　　）
2. ネット書店（書店名　　　　　　　　　　　）
3. 小社ホームページ　4. その他（　　　　　　　　　　　）

○本書についてのご意見・ご感想

＊ご協力ありがとうございました

書肆子午線　電話：03-6273-1941　FAX：03-6684-4040
E-mail：info@shoshi-shigosen.co.jp

どこにもいなくなったときには光のなかにいる

眼球に眩しい光を浴びた　目前に海が広がり　海水面は獣の背のように盛りあがり　大きな満月がのぼった　月が磁力を引き寄せ　海水が引きはじめ素足で渡るようにとわたしを誘う　これはよくある話だよ　大潮のとき現れる海底へ邪気もなく足を踏み出すと　進んだところで汐の頂点の時間が過ぎ海に飲み込まれる　古からある罠　だが　こういう罠に嵌まるためにわたしは生きてきたのではなかったのか

＊

最上階の病室がどれほど手厚くその人の時間をとどめようとしても　わたし

はその人を濁った地上へ引きずりおろそうとする　エレベーターは　降下の途中で軌道を歪め　横の道に入り込み　おりた先は　見たこともない野原だった　踏みつけられた片隅に　烏野豌豆《からすのえんどう》の淡い桃色の小花が咲いている　野豌豆のかわいい色彩はどこからおりてきたのだろう　花を見つめながら妹に電話を掛け　天上の病室から無事に引きずりおろしたことを伝えた　妹はすぐに出発するだろう　わたしとその人がどの地上にいるのかも知らないというのに　地上ではその人は形を崩してしまい　妹が見つけ得たとしてもせいぜい　花の色とからっぽの手を持つわたしと光だけ

きゅい　ぎゅい

守宮《やもり》という名の爬虫類が
建物の屋根の隙間に棲み
夜の眠りを守っていた
だれも知らないときに
満ちた月の光と話し
新月の夜は新月の在りかと話した

きゅいきゅいきゅい

守宮が光と語り合っている夢と

廃墟の地下へ階段をおりていく夢が
二重螺旋のように絡み合って続いたが
地球上から駆除されるべきなのは
にんげんの側ではないのか
それでもばかみたいに
ずっと生きていたいんだよね　と
夢のなかで守宮は
閉じることのできない眼を動かして
ぎゅい　と鳴いた
ほとり　という落ちる音もした
雲の向こうで月が妙な形に欠けた

翌朝
太陽という名の恒星が動いていた
バルコニーへ出ると
赤紫色の塗料がべったりついた
小さい奇妙なものが落ちていた

それが爬虫類のなにかだとわかるまで
しばらく時間がかかった
建物は大きな修繕工事の最中で
きのうは職人さんが足場からバルコニーの庇に
赤紫色の新しい塗料をたくさん吹き付けていた
きっとなにもわからないまま
塗料を全身に浴びてしまったのだ
見ていたら
やがてゆっくりと動いた
まだ命が終わらずに　苦しんでいる
トカゲよりも丸みのある手足と尻尾
まぶたのない閉じることのできない眼は
塗料でつぶされ光も見えないだろう
庇からバルコニーに落下し
動かせなくなった眼球とからだで
苦しんでいる
わたしは少しも痛くないのに

きょうの作業に来た職人さんにそれを指し示すと
彼は笑いながら塗料まみれの守宮をつまみあげ
ポケットに入れて持ち去った

ピシャッ

上方にきらめく粒々が見えるから
そこに向かってせいいっぱい飛び跳ねないといけない気がした
と　これは大きなボラが心の内で思ったこと

夜の海から飛び跳ねた
水面がきらめき
飛び跳ねては
ピシャッと鋭くまた海中に戻る
汽水域の湾で
三段跳びみたいに連続して跳ねた

大きな月は黙ったまま
漕ぐように夜空をのぼっていった
なにかにひっぱられるように
ぐいぐい　音を立てて
遠くで台風が生まれているから
雲が多く　ときどき隠れ
そのたびに海は昏くなり
また雲から出て
木星と一緒に鋭い光を投げ
銀色の粒が水面に広がった

昏い水の面を幾度も
ピシャッと音が響いた
あれはきっと引力に引っ張られて
さかなは体の奥がむずむずしてどうしようもなくなるのだ
満ちたときは

いまいるところから外へ飛び出さないといけないと
月が呼び掛けている
それが命がふくらむということ
現れ出るということさ

家を訪ねる

霧が流れて　先が見えなくなる
灯りも水気を含んだ大気に吸い込まれる
見えないから　待っていればよいのに
待つことができないまま
じりじりと動き
息が苦しくなる
いつか晴れて　そのとき
こんな地点に抜け出ていることに自分で驚く

ひとつの家を訪ねた

窓をあけると線路がぼんやり見え
電車がひっきりなしに走っていたので
その家にいるあいだ
からだだけが遠くへ行ってしまった

別の家を訪ねた
深夜になると　叫び声が聞こえた
会ったことのない隣人が
闇のただなかに落ちたまま
道筋を探そうとしているのだ

遠い地点にある家を訪ねると
ぽっかりと丸い原っぱがあり
円の中心から電波が飛んでいた
世界がひび割れはじめた

動かなくてもよいのに

道を探し出そうとする
霧が別の方向へ消えてしまったのか
わたしが自分の力で抜け出たのか
そんなこともわからないまま
次の家を訪ねた

クル　ミの実のなかに橋が

クル　ミの実のなかに橋があるなら
そこにも見あげるための青空がある
向こう側の扉が開くのはいつだろう　と思いはしたものの

コンナフウニナルトハ　オモッテモミナカッタ
カイガンニ　ウチステラレタママノ
ウミノケモノノホネニ　ヒカリガツキササル

声すら出ない
鉄分めいた味が喉をふさぐからクル　イ
折れた手で扉を開き　後ろ手で閉める
そんな日が来るとはうそのようだった　なにしろ青空の下なので
それでも閉めなければならない
ぱたん

最後に満月を見た日のことは覚えていないけれど
夜になると見るだろう月の姿を昼のうちに思い描くことはできる
わたしにも透き通る触手があればいいのに
そうしたら進む道などは光の方向でしかなくなるから

小舟と声

今朝　カーテンを開けると
窓の向こうの湾にいくつもの小舟が
少しずつ離れて浮かんでいた
それは釣りをするひとたちの舟だったけれど
わたしが知らない夜のうちに
異界の海から浮かびあがっていた
そのひとたちは
水からなにかを釣りあげるときに
おそろしさを感じるのだろうか

遠い部屋では　嬰児が声をあげていた
甘い声　楽しげな声
拒絶の声
声を出すことなど
どこで覚えてきたのだろう

胎内にいたときは水に浮かんでいた
水のなかでも
音は聞こえた
ふいに鼓《こ》の音がはじまりを告げた
掛け声のように

声を出せるというのは
どこにもない世界から訪れた生命にしては上出来のこと

微細な粒から現れ出て
その後はこちら側で急速に成長し

声にも　顔にも
表情を獲得しはじめる
それらの変化こそが
生きているものが生きていることの命綱

窓辺

この子は
わたしなんかに興味もないでしょう
わたしはおかあさんが大好きだった
この子もおかあさんが大好きだという顔をしている
そこが似ているところ

たとえば江戸時代くらいの
知らないわかい女が
赤子の眼をのぞきこんで
ずっと未来のひとはわたしのことなど知らないから

わたしに興味も持たないだろう
と　思った
その未来のひとがわたしで
きょうのわたしは
四十になる手前で死んでしまっただろうその女のひとのことを考えている
わたしは四十よりもずいぶん生きてしまったけれど
未来に世界があるのかどうかも知らない
——ないような気もする

きょう　泣きそうになった
空を見あげて
雲の隙間に　探せば窓があるような気がした
その窓から　声が落ちてくる気がした
死んだひとたちの声は　窓などなくてもどんどんこちらへくるのに
それでも
白銀色の窓を通ってくる気がした

身の置き所がないと思った日々もあったが
パンと牛乳の置き方は知っている
身というものはどこに置けばよいのかわからない
日当たりのよい窓辺に台があり
あまい香りの花が咲く植木鉢があり
花びらに小さな虫がたくさん集まっていた
虫は虫の身の置き所を知っている

空からおりてくるひとたちも
わたしのまわりに集まってきて
やはり　きちんと知っているのだ
空に窓があったら
その向こうがわたしの身の置き所かもしれないと思う日もあり
——思わない日もある

樹木も叫びの粒を空へあげる

今年の花の季節が終わってから伐ってくれたらよかったのにね
通りかかった女のひとが言った

いつ起こるかわからないから
空を見あげることができる

そうですね
わたしは答えて
友だちだった街路樹の

切り株の表面をさすった
手のひらを当てることしか
できることはない

最後の言葉を交わすこともなく
根元から切り倒され
もうすぐ花を咲かせるはずだった友だちは
ただの丸い切り株になっていた

離れたところからヒヨドリが
わたしを嗤っていた

音無し

扉が開くのを待って立ち尽くしているひとびとを
白日夢で幾度も見た
大きなスーパーマーケットの入口の前で
開店時間を待っている姿に似ているようでもあったし
なにかの受付の前で
順々に呼び出されるのを待っているようでもあった
顔はよく見えなかった
わたしはたいてい　そのひとたちと一緒に
同じ方向を見ていたから

目の前にあるのは扉ですか
開いたときの闇もあるいは眩しさも
どちらもまだ知らないまま
それでも開くのを待って
ここに立っていなければならない
これまでの世を終えたあとに
次のなにかのために開く扉

体から離れたあと
音無しのひとたちと一緒に待ち
開いたらきっと前へ進む
次に心からも離れていく
死という文字は白骨とひざまずくひとの姿を表しているらしいけれど
白骨の奥に死が在るのではなく
ひざまずくひとの背中に
空蟬のように

すでに仕込まれている裂け目だ

今朝は
珈琲店ブランのカウンター席でモーニングを頼んだとき
隣の椅子に
一昨年死んだ家族が並んで座った
そのまま隣に音の無いまま座っていた

現実は幻想で幻想は現実で
そのどちらでもよいことで

野の犬のような死であっても
歴史の波に飲み込まれ殺されたのであっても
扉は公平に開かれる

廃屋の月

災厄が来るのを知りながら
曇天の野原で談笑した
水の匂いが這う遊歩道を歩き
すれ違うひとは夕陽を浴びていた

ノートを開いて夢を記すことを日課にしています
昨夜見た夢は
詩を書くことの意味はなんですか　と
問われて答える立場に追いたてられるもので

詩を書くことは生きることです　と
答えようと文を考え
それでは直球で
生きることですどころか
薄気味悪くてこれ以上生きていくことができない
だから大きく道を曲げて廃屋に入っていこうと
考え直した
詩を書く意味とは
知らない廃庭か廃屋に入っていくことです

通りに面した居酒屋浜秀は廃屋となり
店の秀子さんもいなくなった
厨房の裏口の奥には何があるのだろうと
いぶかしんでいたのだけれど
店の裏庭を見に行って
打ち捨てられた古い井戸があったのを知った
その井戸に落ちたものや

落ちそうになって縁にへばりついているものを
拾いあげに行きたいと思った
人目があるので　新月の夜がいい
井戸の深さがどれほどなのかも知らないけれど
水面に落ち込んだかつての月明かりの断片なども
秀子さんが昔飼っていた犬の鳴き声なども
そこに沈んでいるような気がする

つぶつぶ

顔もないし指もない一ミリのつぶつぶ
シャーレのなかのつぶつぶを見ているうちに
宇宙に浮かぶ天体が
（浮かんでいるのかどうか知らないけれど）
丸い形をしている理由がわかったように思えた

偏光の渦巻き
黒い穴の向こうに一ミリの受精卵が在るという幻想に捉われているね
幻の生きものがわざわざ　わたしを笑うためにやってきた

消えてしまうことがあまり怖くなくなったね
だれも知らないままひと知れず割れて
つぶつぶに戻っていくのだろうから

そろそろ旅の終わりだと
星は気付いていた
光すら逃れられない穴に飲み込まれるのは
奥の先にあるだろうだれかの一ミリの受精卵のためだと
そのことにも気付いていた

世界は薄い氷の上に乗っているのに

空が砕けたのかわたしが砕けたのかわからない
ここにはない笑顔がここに見えて
掠れた　呼ぶ声がした
外側から届いたのだろうその声にまわりの樹木が葉を震わせた
たとえ笑われながら死んでも
彼等はわたしの眼に映っているものを知らないだろう
空は明るい色をしている　はなだ色の光
さまざまな顔が浮かんだが　やがて訪れた風がどこかへ連れ去った

〝小粒ちゃん〟とためしに名付けたのです
〝小粒ちゃん〟は明るいほうへ匍匐して進んでいった
植物の芽も明るいほうへ曲がっていく
先週　わたしは小さな種を地表に蒔いた
いまは姿のかけらもないけれど
火炎樹の花のように真っ赤な実が
やがて存在をはじめる
〝小粒ちゃん〟はいつも明るい方向へ進んでいく

空はひとつしかないのだから心配しないでください

空は切り裂かれたりしない
きょうひとりで買い物をしているとき

まわりにたくさんひとがいるのに
おかあさん　と　声に出してしまった　と
隣の部屋の　二年前に母親を喪った女のひとが
口ごもりながらわたしに言う
おかあさんは地の下にいるのだろうか空にいるのだろうか
その子どもたちの居場所はどこにあるのだろうか
わたしの居場所もあるのだろうか
世界は薄い氷の上に乗っているのに

海に浮かぶ月が揺れていた
ほんとうは手が届かないものなのに
届くような振りをするために
薄い氷のような水の表に
月の形の光を浮かべている

水母の日記帳

夕陽が聞こえない音を飛ばした
さまざまな場所からひとの心がばちばち点になって
オレンジ色のなかでぶつかって燃えた

晩秋の岬は陽が落ちかけて
フレアスカートのなかが冷たくて
薄墨色になりはじめた波打ち際で
水母たちがぽつん　ぽつん
打ちあげられたまま　砂地に置き去りにされていた

満潮になったとき浮かびあがり
呼ばれて海へ戻っていくのだろうか
傷ついたまま座っている遠い子どもたちのように
水母は水の境界から外で　うずくまっていた
異界から来た彼らを早く故郷へ返してやらねばならないと
わたしは白いスニーカーを砂まみれにしながら
ひとつひとつ沖のほうへ蹴飛ばした
海はおそろしいところで
盛りあがってはひとを引きずり込もうとする
それなのに水母たちには陸のほうがおそろしい
陸こそが異界で
蹴飛ばす足まで飛んでくる
〝わたしはきょう夕刻の海辺へ行き
　陸地は水母たちにとって異界なのだから
　つまりわたしは毎日異界で暮らしている〟
その日の日記帳に書いた

他人のような親戚のようなおばが
海を見たい　港町で育ったから
と言うので
並んで　晩秋の岬の夕陽が
輝く色からくすんだ色に変わっていくまで見つめた
でもわたしは隣にいるおばが嫌いなのです
そのひとの心がいつもにがい
それなのに
わたしが嫌いなそのひとの奥に
そのひとのいのちと記憶がたしかにあるのを感じたので
あらゆるひとにそういうものがあるということを
受けとらないといけない気がした
〝わたしをあたたかくしたり苦しめたりする
　他人のいのちと記憶も　陸地で息を吐いたり吸ったりしている〟
と日記に書き加えた
〝うみがこきゅうで　りくがいかいだと
そんなことはしらないし　うごけなくなるときまで　こきゅうをする〟

水母は　海の日記帳に書いた

音を立てて空を燃やしている夕陽は
どこまで進んで消えるのだろう
〝消えたりなどはしない
　空と地表の間に巻き込まれていくだけだ〟
夕陽がふいに声を出した
日没前という定まった時間のまま地軸の動きに巻き込まれて
夕陽は惑星と一緒に移動している
わたしもおばも水母たちも
砂地の上に乗ったまま　オレンジ色の光を浴びて
移動しながら　それぞれの異界で生きている

どこにもない植物園

カラスウリに呼ばれたのは
ちちははに逢いにいこうとしていた朝
（土の下へ）

早朝の都内の電車に乗っているとき
なにか明るいものが胸に飛び込んできたから
驚いて顔をあげると
窓のむこうの線路沿いに
どこにもない植物園があった

柵の金網に
ぽつり　ぽつり
ぽつり　ぽ…
カラスウリの赤がいくつも燃えあがっていた
まわりは焼け跡のような枯草ばかりで
ぽつり　ぽつり
ぽ…

絡んで金網からぶら下がっていた
わたしもいつかああいうふうに
時間かなにかに絡んだままぶら下がるのだろうか
カラスウリは心臓もないのに
激しく脈打っている
溺死したカムパネルラが最後に見た空の色は……
そんなことを思いながら
湘南新宿ラインは
わたしを乗せて　走り去った

無惨なことなどは
いつでも走ってこちらに来る
土の下にも光が射すだろうか
石で蓋をされて眠っているたくさんのひとたちが
ざわざわと奇妙な声を
いつまでも水面のようにあたりに流している

お山へ行くまでに

また来年ね。

目の前で流れる川が
ふいに
水面をくちびるの形に波立たせて
もうすぐ散りそうな川岸の花にむかって
言った

来年と言っても

川の水は流れ続けるから
来年の川は違う川
来年咲く花も違う花
来年川岸に立つわたしも違うわたし
変化は楽しくて淋しい

来年はなくて
去年もなくて
水と大気が流れ続ける

どこから来たの
たこやきとビールを売っているおじさんが
ひとり客のわたしに言う
わたしはビールケースの椅子に座ってぐらぐら揺れながら
あっちの山のほうから　と
教会の尖塔の向こう側に見える
行ったこともない丘を指さす

そのあと
お山へ行くまでに　と
急につぶやきたくなって
小さな備忘録を取り出して
焼場へ行くまでにやりたいことなどを
箇条書きにしてみる
並んだ文字の透き間を
流れてきた花びらが見つめている

じぐざぐ

不安げにほほ笑む子どもの顔を思い出し
道を踏み誤ったことを知ったが
道などどこにあったのだろう
ただ歩いていただけだったのに
振り返ると知らない原っぱが広がっていて
ずっと遠くは曲線で揺れていた
足跡は黒く濁って光っていた

遠縁の者が言う
母が死んだあと

鏡台の引き出しの奥に
こんな断片が入れてあった
と

折りたたまれた紙に
薄い文字で書かれていた
日を追うごとにさらに消えていき
遠縁の者の母が道を踏み誤ったかどうかわたしは知らないけれど
ただ歩いていただけでも
振り返るとそのひとの原っぱが広がって
いまはそこに
文字がしゃがんだり跳ねたりして
好きなようにじぐざぐを踏んでいる

覚書

多くのひとに助けられてここまで来ました。

深く感謝いたします。

「文藝春秋」「現代詩手帖」「抒情文芸」「イリプスⅡnd」「えこし通信」「交野が原」「something」「潮流詩派」「横浜詩人会・詩画展」「八景」「タンブルウィード」に発表した詩を、大幅に改稿し、いくつか改題しました。

廃屋《はいおく》の月《つき》
著者　野木京子
発行日　二〇二四年三月五日
発行人　春日洋一郎
発行所　書肆　子午線
〒一六九-〇〇五一　東京都新宿区西早稲田一-六-三筑波ビル四E
電話　〇三-六二七三-一九四一　FAX　〇三-六六八四-四〇四〇
メール　info@shoshi-shigosen.co.jp
印刷・製本　モリモト印刷

ISBN978-4-908568-41-1　C0092